해파랑, 길 위의 바다

해파랑, 길 위의 바다

신혜경 시집

문학수첩

시인의 말

바다에 가 보면 안다.
바다의 품이 얼마나 넓은지,
흐르는 시간이 해결해 주는 게 얼마나 많은지.
내 기쁨과 슬픔, 곡진한 내 기도까지 다 아는 바다.
바다와 가까이 살아서 좋다.
마음만 먹으면 언제든 갈 수 있으니.

차 례

제 1 부

해파랑길

혼자 걸어도
혼자 걷는 길이 아니다
걷다 보면 바다가 옆에 와 말을 건다
나는 내 말만 하고
바다는 제 말만 해도
가다 보면 어느새 친구가 된다
바닷빛에 눈멀고
파도 소리에 귀먹을 때쯤 바다는 불쑥
절경(絶景) 하나 꺼내 보인다
절창(絶唱) 한 소절 들려준다
사시사철 바람 많은 내 삶에도
절경 하나 들어 있겠다
절창 한 소절 숨어 있겠다
굽이굽이 해파랑 길에 서면
지나온 날보다 살아갈 날이 더 궁금하다

* 해파랑길: 10개 구간, 50개 코스로 총 길이는 750km.

일출

밤은
길고 긴 어둠을 설명하지 않는다
끝없는 파도와 바람을 모른 척한다

때가 되면
드넓은 바다 위로
제 심장을 꺼내 보일 뿐

섬 · 1

마주보고 있어도
심중을 알지 못한다

너와 나 사이
좁힐 수가 없다

너도(島),
나도(島),

우리는 섬이다
망망대해 쓸쓸한 한 개 섬이다

바다의 근육

미역, 다시마, 꽃게, 새우, 해삼, 멍게, 해파리, 말미잘, 불
가사리, 명태, 고등어, 갈치, 조기, 오징어, 문어, 가오리,
상어, 고래……

저 많은 것들 어르고 달래느라 바다는
밤낮없이 제 몸 흔든다
가끔은 몸을 세워 소리치기도 한다

섬 · 2

점,

점,

멀어져 간다

섬이 되고 보니 알겠다

함께 살아도

너와 나

늘 놀리고 있었음을

섬 · 3

뚝,

뚝,

떨어져 산다

섬에서 살아 보니 알겠다

부는 바람이

치는 파도가

또 다른 노래라는 걸

오륙도

섬은 늘 그 자리에 있는데
해운대에서 보면 다섯 개
영도나 청사포에서 보면 여섯 개로 보인다

삶이란 그런 거 아니겠나?
검푸른 바닷속
다섯 개와 여섯 개 사이에서
끝없이 철썩이는 파도 같은 거
영도나 청사포가 아닌 해운대쯤에서
불쑥 솟은 섬 하나 숨겨 놓고 사는 거
그래서 다섯 개도 맞고 여섯 개도 맞다고
고개 끄덕여 주는 거

* 오륙도: 해파랑길의 시작점.

동백꽃

웃는다
나무 가득 내민 새빨간 입술
오가는 사람 없어도 혼자서 웃는다
바람에 밀려 뚝! 떨어진 웃음
땅 위에 뒹굴면서도 천치처럼 웃는다
제 울음 마를 때까지 꽃답게
웃는다

처
음
부
터

끝
까
지

활짝 웃는다

동백섬

어서

오이소

작년처럼

꽃이 피었어예

이쁘지예? 그새 가실라꼬예?

잊지 말고 또 오이소 꼭, 꼭이라예

섬은, 가는 사람 잡지 않는다 해마다 꽃 피워 놓고 기다릴 뿐

* 동백섬: 누리마루 APEC하우스가 있는 곳. 해파랑길 01코스에 있음.

명선교

강물이 바다에 닿았다

몇 해 전 뭍으로 올라간 아들딸들이
먼길 돌아 제 품에 닿은 것이 기특해
진하 앞바다가
개선문 하나 세웠다
밤마다 명선도 가득
등불 켜고 기도하던 그 마음 담아

* 명선교: 회야강이 바다와 만나는 곳에 있는 다리. 해파랑길 05코스에 있음.

외고산 옹기마을

마음에 부스스 찬바람 이는 날엔
곰메질 태림질에
흙이 옹기로 일어서는 외고산으로 가자

어둠처럼 깊은 가마 속 들여다보며
길고 긴 기차여행을 상상하거나
삼칠일 동안 쑥과 마늘만 먹고 사람이 된 곰 이야기나
큰스님 다비식 날 '스님, 불 들어갑니다' 하고 소리치던
젊은 상좌의 목소리를 떠올려도 좋으리

마음에 부스스 찬바람 이는 날엔
태양을 삼킨 새[1]처럼
가슴 가득 불 지피러 외고산으로 가자

* 외고산 옹기마을: 옹기 문화의 메카. 해파랑길 05코스에 있음.

1 운보 김기창 님의 그림 제목.

장터국밥

남창장 가는 길에 누워 있는 외고산
그 마을 허리 베고 꿈꾸는 바위 하나

바위로 생겨나 무엇이 될꼬 하니
가루가루 흙이나, 흙이나 되자꾸나
흙으로 태어나 무엇이 될꼬 하니
울퉁불퉁 막사발, 막사발이 되자꾸나
막사발이 되어서 무엇을 할꼬 하니
시끌벅적 장터국밥, 장터국밥 퍼 담으리
장터국밥 퍼 담아서 무엇을 할꼬 하니
보글보글 세상사, 세상사 잊게 하리

달밤

물소리에 귀를 연 대나무가
비스듬히 몸 눕히는 달빛 그윽한 밤
댓잎에 깃든 칠성무당벌레 한 마리
한 점 먹물이 된다
얼룩도 흠집도 사라진 청대발이
달빛 아래
굽이굽이 무채색으로 일어선다
누가 그려 놓았나?
십리대숲 묵죽도(墨竹圖) 한 폭

* 십리대숲: 태화강 국가정원에 있는 대숲. 해파랑길 07코스에 있음.

태화강 백리길

산은
바다의 안부가 궁금해 강을 만든다

바다는
구름 되어 그 산에 다시 오르고

잊은 듯 살아가기엔
산과 바다가 너무 가깝다

군무(群舞)

검은깨를 흩어 놓은 듯
참숯가루 뿌려 놓은 듯
해 저문 겨울 하늘이 수런댄다

작고 힘없는 것들이 뭉치는 것은
살기 위해
대를 이어 온 습성

문수산 저녁놀을 배경으로
세상이 눈멀 때까지
날마다 축제를 여는 떼까마귀 갈까마귀

누군가 지구를 채색(彩色)하고 있다

지구라는 넓은 도화지 위에 해마다 그림 그리는 화공이 있어 겨우내 밑그림 그리기에 열중하더니 드디어 채색에 들어갔다

시린 해풍 맞으며 동백꽃 그려 넣고 감기라도 앓는지 잠시 주춤하더니 약수터 가는 길에 봄까치꽃 조심조심 피워 놓았다

다시 잡은 붓에 가속을 낸 화공은 마당 넓은 집 개나리 울타리 노랗게 손질해 놓고 진달래 꽃불 놓으러 산으로 올라갔다 마당가 감나무, 텃밭 대추나무엔 눈길 한번 줄 시간도 없이

4월 들자 화공은 그림 그리는 일에 취해 잠도 자지 않는지 호수공원 수양버들 초벌붓질 해 놓고 궁거랑 벚꽃 가득 피워 공중부양 시켰다

궁거랑의 봄

벚나무 꽃그늘 아래 여대생들이 모여 있네

까르르 웃음소리에 팝콘처럼 터지는 봄

바람이 살랑살랑 봄의 맨다리를 쓰다듬네

먼저 핀 꽃잎 떨어져 물 위에 시를 쓰네

활처럼 휘어진 거랑은 한 권의 시집이네

가던 길 멈추고 봄이 쓴 시를 읽네

주름진 마음 연분홍으로 부푸네

축제

봄엔 세상이
크고 작은 알전등이 되는 거라
누군가 지구 밖에서
플러그 꽂고
발열 스위치 올리면
필라멘트 같은 봉오리마다 차르르 도는 전류,
드디어 오색꽃등 켜지는 거라

그래서 봄엔 너나없이
발광(發光)하는 거라, 미치는 거라

그리움

시도 때도 없이

울컥,

목젖을 치고 올라온다

도무지 나는

이놈을 다스릴 수가 없다

내 의지로는 역부족이다

꽃피어 환한 봄날에는 더더욱

울산 공단 야경

수만 개 눈동자가
밤을 지키는 바닷가
이곳에는
밤의 아랫목이
따로 없어
한 번 솟은 불빛은
스스로 눕지 않는다
허공이 살아가는
주 무대인 사람들
갯비린내 물큰한
하루와
구릿빛 세월이
톱니바퀴처럼
맞물려 있어
바다도 하늘도
잠들지 않는다
파도 소리
망치 소리 어우러져
늘 푸른 노래가 된다

* 울산 공단 야경: 울산대교 전망대에서의 조망.
해파랑길 08코스에 있음.

장생포 고래박물관

고래를 기다리는 바닷가에
한 마리 긴수염고래 같은 박물관이 서 있다
살아 움직이는 것 하나 없는 그 속
자세히 들여다보면
깊고 내밀한 추억으로 두근대는
반구대 암각화가 있다

매표소가 문을 닫고
마지막 관람객이 빠져나가면
그때부터 바위그림 속 고래가
굳었던 지느러미 풀어 유영 시작한다
작살 든 사람들 삼삼오오
통나무배 타고 뒤를 따르면
혹등고래 바위처럼 솟아오르고
새끼 둘러업은 귀신고래 재바르게 몸 숨긴다
노 젓는 소리와 날숨 쉬는 고래 떼 사이
바다가 신명나게 춤을 춘다

조명이 켜지고 환풍기가 돌면
등지느러미 손질한 범고래 하얀 배 드러내고
뒤늦게 달려온 고래 한 마리
꿈틀 제 몸에 작살 꽂는다
모두 바위 속 그림으로 돌아와
길고 긴 고래의 내력 자분자분 풀어놓는다

고래를 기다리며

떠나가는 고래의 등 뒤로
솟아오르는 저것을
오늘은, 하얀 손수건이라 하겠다

약속의 말 남기지 않았어도
돌아오리라
바람 많은 날 돛단배 되어

등 푸른 바다가 보이는 언덕에 올라
오래오래 손 흔든다
혼자 피었다 혼자 지는 찔레꽃

세족례

첫 시집이 나왔다

제일 먼저 바다한테 읽어 주었다

바다가 다가와 발을 씻어 주었다

시를 쓰느라 골몰했던 지난날들이

스멀스멀 바다를 따라갔다

온몸이 깃털처럼 가볍다

다시 시작(詩作)이다

제 2 부

색종이 접기

고래는 쥐를 접는 방법 4번부터다
그러니까 쥐와 고래의 시작은 같다는 말이다

쥐만 한 고래를,
고래만 한 쥐를 접을 수도 있다

삶의 매력은
종종 이렇게 시험에 들듯 갈림길에 드는 것

주어진 색종이는 한 장뿐!
쥐의 5번을 계속하든 고래의 1번으로 이동하든
당신 손끝에 달렸다

울기등대

강풍이 수시로 파도치는 바닷가에 등대가 있다
파랑 많은 삶이지만 때때로
바다 엉덩이를 철썩, 때리며 노는 고래를 본다
드높이 분수를 쏘아 올리는 고래의 노랫소리 듣는다

- 새우잠을 자더라도 고래 꿈을 꿔야지
드넓은 바다를 헤엄쳐야지 -

파도가 더 큰 파도를 업고서야 훌쩍 바다를 뛰어넘듯
식구들을 업고 건너는 밤
가지런히 잠든 아이들의 꿈이
철판 두드리고 틈새 죄어 배를 만든다
어둠이 길 지우려 덤벼들 때마다
터진 바짓단 박음질하듯 한 땀 한 땀 어둠 깁는
아버지는 지금, 밤샘 근무 중이시다

* 울기등대: 현대중공업 근처 대왕암공원에 있는 등대. 해파랑길 08코스에 있음.

그래, 고래

온종일 바다가 출렁이는 건
그 속에 물결치는
고래가 있기 때문이지

오늘 내가 밤새워 뒤척이는 건
내 속에 잠들지 않는
네가 있기 때문이다

그래, 고래!
잠 속에서도 깨어 있는 고래처럼
너는 내가 불러야 할 노래
흔들리는 내 삶이 끝날 때까지
뒤척이며 불러야 할 노래

해일(海溢)

이 바다는 누구의 집인가?

때때로 새우는 지독한 편두통을 앓는다

폭풍 부르는 북소리에 적조의 바다가 들썩인다

머리에 붉은 띠 두른 새우 떼가

폭식 일삼는 고래 향해

소금기에 녹슨 칼날 들이댄다

고래는 보이지 않고

칼날에 베인 바다가 검붉은 내장을 쏟는다

그래도 한집에서 잘산다

그는 밥을, 나는 빵을 좋아한다
그는 야구를, 나는 영화를 즐겨 본다
그는 트로트를, 나는 크로스오버 음악을 자주 듣는다

부부는 연인과 달라서
도저히 저 간격을 좁힐 수가 없다
생활은 연애와 달라서
그래도 한집에서 산다, 잘산다
그가 집을 비운 날엔
밥 대신 빵을 먹고, 조조 영화 보러 간다
포르테 디 콰트로의 노래를 들으며

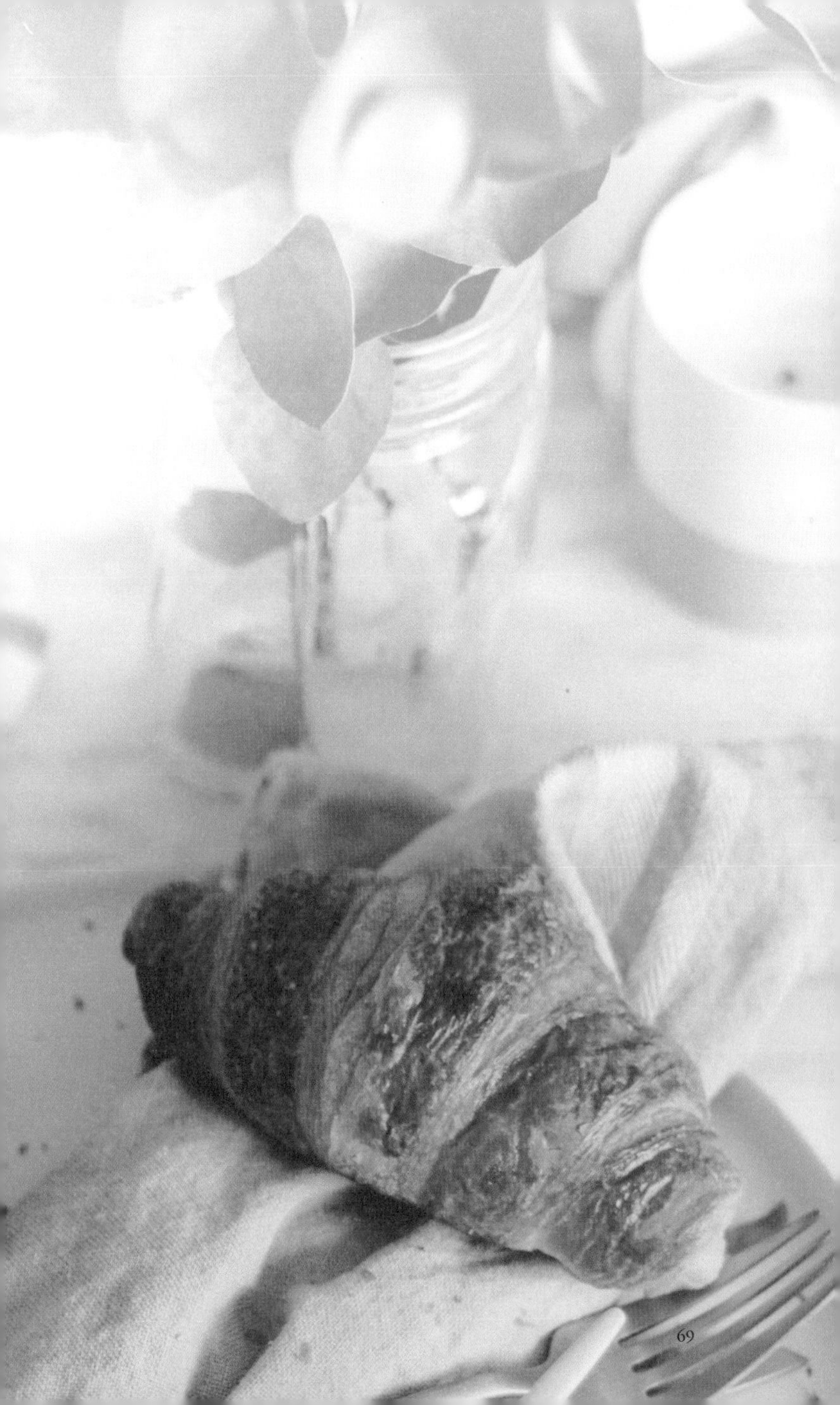

웃는 바다

까르르 까르르
바다가 웃는다
쉬지 않고 웃는다

주전 바닷가 마을에 가면
돌멩이도, 민박집 할매 주름살도
모두 둥글다

눈치 빠른 사람이면
해안선 입꼬리가 다른 곳보다
올라갔다는 걸 안다

해파랑길 따라가다 보면
주특기가 웃는 일인 기분 좋은 바다를
가끔씩 만난다

* 주전해변: 까만 몽돌이 드넓게 펼쳐진 곳. 해파랑길 09코스에 있음.

비밀

바다한테 한 말은
아무도 모른다
모든 바다는
철썩, 솨아아……
두 마디밖에 할 줄 모르니까
까르르 까륵……
몽돌 구르는 소리로 웃을 줄밖에 모르니까

바다에서 쓴 편지

바다에서 편지를 쓰면
솨아솨아
자간마다 바람 소리 나겠지
철썩철썩
행간마다 파도 소리 고여 있겠지
끼룩끼룩
갈매기 소리도 있어
바다에서 쓴 편지는 눈 감고도 읽겠다
그립다 말하지 않아도 알겠다

해바라기 벽화

크고 작은 해바라기가 벽화를 그린다
오래된 어구로 그득한 창고의
회색 벽을 캔버스 삼아
살아 숨쉬는 벽화를 그린다
하루하루 색칠도 다시 하고
비 오는 날엔
고개 꺾고 깊은 생각에 잠긴다
태풍이 지나간 뒤엔
비스듬히 누워 새로운 구도를 잡기도 한다
해풍을 친구 삼아 즐거운
읍천항 해바라기들은
여름 내내 지치지도 않고 벽화를 그린다

* 읍천항: 마을 전체에 벽화가 있는 항. 해파랑길 10코스에 있음.

풀의 집에 세 들어

마당에 난 풀을 뽑으며 소리친다
"여기는 내 땅이야, 내 집이야!"
귓등으로 듣는지 돌아서는 등 뒤에서 풀은
다시 자란다

얼마 전에 뽑아 버린 그 풀을 또다시 뽑다가
문득 알았다
바람을 호리는 낭창한 허리와
한목숨 내주고도 거뜬한 뿌리를 가진 풀은
내가 오기 전부터 이곳에 살았다는 걸

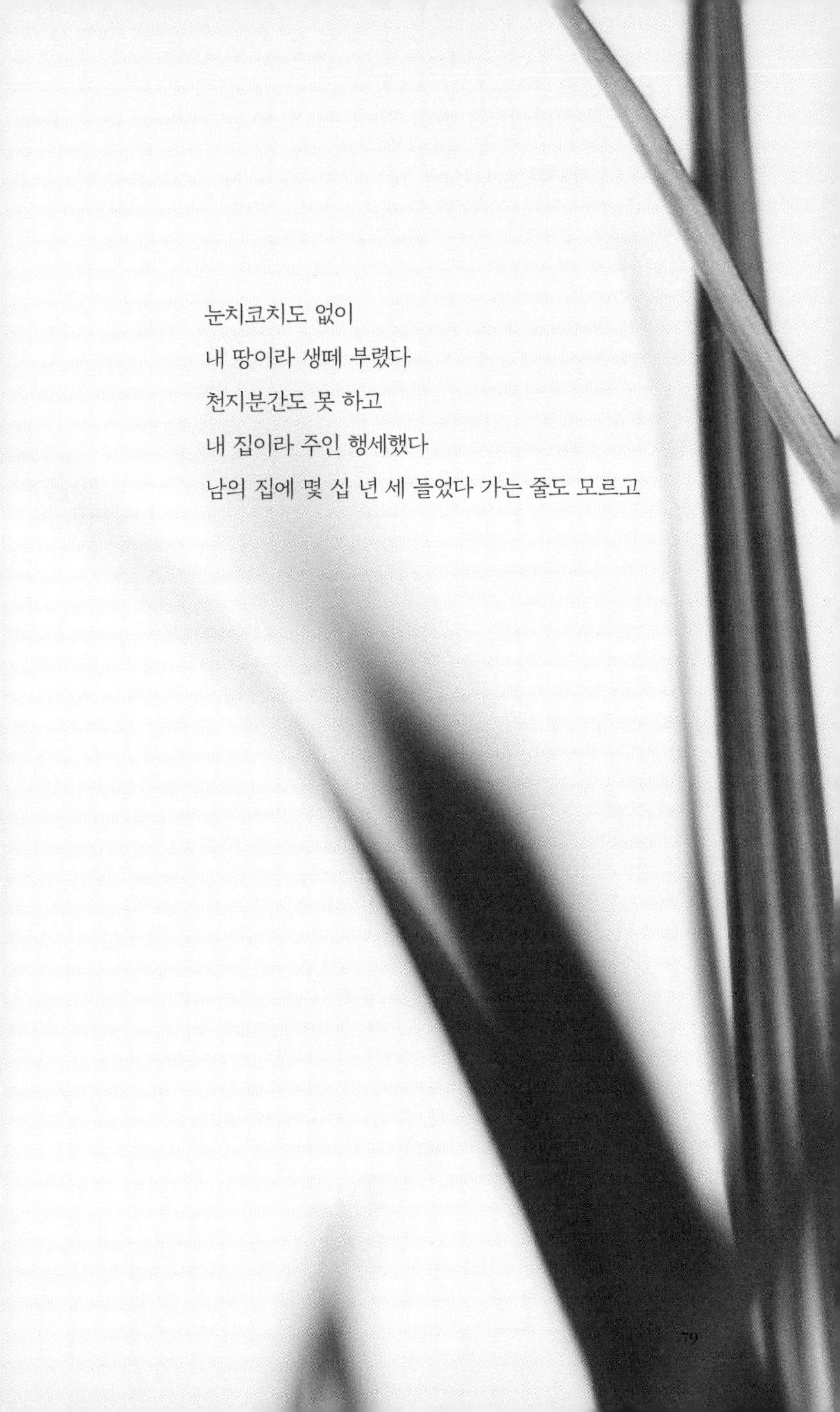

눈치코치도 없이
내 땅이라 생떼 부렸다
천지분간도 못 하고
내 집이라 주인 행세했다
남의 집에 몇 십 년 세 들었다 가는 줄도 모르고

괄호

아직 끝나지 않은 생에 괄호를 닫는 것은 실례다

제 이름 옆에 활짝 열어 둔 괄호
그것은 언젠가는 닫히고야 마는 문이다

지난주엔 내가 아는 한 사람이 오래 열어 둔
문을 닫았다
어제는 서른 갓 넘은 한 사람이 쿵, 하고 쓰러져
다시 일어나지 못했다

자신의 의지로 불가능한 게 많은 삶처럼
괄호 또한 그래서
닫고 싶을 때 닫을 수 있는 게 아니다

조금 빠르거나 조금 늦을 뿐 누구나 닫아야 하는 괄호

한번 닫힌 괄호 속은
이가 잘 맞는 옹관묘처럼 고요하다

봄날은 간다

꽃이 핀다

꽃이 진다

꽃 피고 지는 사이

한숨처럼 번지는 한낮의 뻐꾸기 소리

꽃 필 무렵 왔다가 꽃 질 때 떠나간

한 사람이 있다

추억의 클라이맥스는 처음과 끝인데

얼마나 즐거운 일인가

그대가 왔다 간 모든 길은 꽃길이었으니

무거운 당신

저 하늘 뭉게구름이 먹고 싶어

사다리를 타고 가기엔 너무 멀어
무거운 쪽이 가벼운 쪽을 들어 올리는
시소를 태워 줘
단숨에 가닿을 수 있게

마주 앉아 있으면서도
맘대로 나를 조종할 수 있는 당신
높이, 더 높이 올려 줘
차라리 나를 지구 밖으로 날려 줘

EMBRY
RIDDLE

내 안의 바다

나아리에서는
오직 나만 생각하자
바다한테 소리치고
바다한테 돌 던지며
나 빼고는 아무것도 생각하지 말자
내 안의 바다가 잔잔해지면
드넓은 나아리 앞바다를 데리고
집으로 가자
다시 내 안의 바다에 풍랑 일면
파도의 몸통으로 해물탕 끓이고
바람의 꼬리 잘라 비빔밥 만들어
나아리 앞바다와 함께 맛있게 먹어치우자

* 나아해변: 몽돌 구르는 소리가 아름다운 곳. 해파랑길 11코스 시작점.

바람을 이기는 법

바람 부는 날은
파도가 높다
파도 높은 날은
갈매기도 날개를 접는다

바람 앞에서 등 보이지 않는 건
날개를 지키는 일이다
다시 저 푸른 하늘 기약하는 일이다

기다리자
바람도 지치면 잠드는 법
기다리자
바람 향해 서 있는 갈매기처럼

장기 일출암

처음엔 그저

하루에 한 번 해를 받아넘기는

돌덩이였을 뿐이다

혼자 있기 외로워

제 몸 찢어 소나무를 심었다

소나무 사이로 바다가 출렁이고

소나무 사이로 해가 떴다

새벽부터 저녁까지 사람들이 찾아왔다

* 장기 일출암: 장기천이 동해와 만나는 신창리 해변의 명물. 해파랑길 13코스에 있음.

말 한마디 바꿨을 뿐인데

'또 하루를 어떻게 버티지?'
거울 속 나를 보며 걱정스레 말했어
그때마다 어제의 피곤이 밀려와 어깨 짓눌렀지
그래서 활짝 웃으며 이렇게 말하기로 했어
'오늘은 무슨 신나는 일 생길까?'

이상하네, 말 한마디 바꿨을 뿐인데
늘 다니던 골목길이 달라 보여
냉이꽃, 양지꽃, 민들레꽃, 제비꽃……
좁은 골목길에 꽃이란 꽃은 다 피었더군
높다고 투덜대던 그 집 담장 너머 라일락이
까치발로 나를 기다리더군
어느 날부턴 보랏빛 잇몸 드러내고 반겨 주더니
골목 끝까지 향긋하게 배웅도 해 주더군
고개 들면 손바닥만 한 하늘이
파랗게 웃고 있더군
가끔은 나처럼 회색이불 뒤집어쓰고 울기도 하더군

너도 해 봐
웃으며 하루를 시작하면
어두운 골목길이 환해질 거야
높은 담장과 먼 하늘이 먼저 말 걸어올 거야
그래서 세상 많은 것들과 통하게 될 거야

구룡포 풍경

몇 가닥 지푸라기에 묶여
언 몸 녹이고 있는 과메기를 본다
동해바다가 제집이었던 과메기
무슨 업보 저리도 많기에
엄동의 문밖에 매달려 모진 형벌 받고 있는가?
온몸 얼었다 녹을 때마다
푸른 등지느러미 세워 발버둥치지만
한겨울 짧은 햇살은 서쪽으로 숨을 거둔다
점점 굽어지는 등
붉게 멍들어 가는 속살
무감각해지는 등뼈 사이로
살아온 날들 삼한사온으로 솟아오른다
구릿빛 얼굴에 막걸리 한 사발로 피로를 푸는
이 땅의 아버지들처럼
과메기 등은 한없이 휘어만 간다

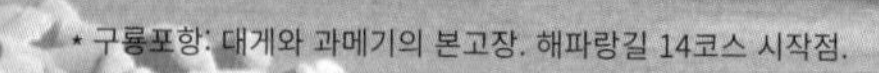

* 구룡포항: 대게와 과메기의 본고장. 해파랑길 14코스 시작점.

항구식당

늦은 점심을 먹으러 갔다

꽃게 된장국
멸치볶음
미역무침
창난젓
꽁치구이
코다리조림……
덜 익은 김치 속에서
새우가 작은 등을 구부리고 있다

동해 바다 한 상, 맛있게 받아먹었다

식구(食口)

보글보글 자글자글 같은 맛있는 의성어와
옹기종기 오순도순 같은 따뜻한 의태어로 떠오르는 풍경이 있다
두런두런 모여앉아 두레밥상 가운데 있는 뚝배기 속으로 차례차례 숟가락을 들이밀던 식구들
어두운 불빛 아래 삶은 감자를 먹더라도
늦은 저녁으로 후루룩 국수를 말아 먹더라도
식구가 있다는 건
제각각 흩어져 살다가도 여차하면 기꺼이 한편이 되어 줄 울타리를 가졌다는 거다
어깨와 어깨 맞대고 풀어놓은 비밀이, 비밀로 간직될 세상을 가졌다는 거다
한 집에서 함께 밥을 먹는다는 건
먹어도, 먹어도 질리지 않는 된장국 같은 냄새를 풍기는 것이다

상생의 손

너 때문에 눈물이 나면
호미곶으로 가자
상생의 손 바라보며
네 덕분에 즐거웠던
그날로 돌아가자
웃음소리 들리는 거기 어디쯤
조용히 내미는
용서의 손 잡아 보자

* 호미곶: 한반도의 가장 동쪽에 위치. 해파랑길 15코스 시작점.

여행

고작 2박3일 여행에
먼 길 가듯
가까운 것들과 이별하고
오래 짐을 챙긴다

가끔은 떠나도 볼 일이다
이쪽에서 저쪽으로 가구를 옮겨 앉히듯
그 아래 오래 묵은 먼지를 쓸어 내듯

나를 위해
네 잘못을 용서하리라
너를 위해
내 잘못을 용서해 다오
정말 먼 길 떠날 그때처럼

평생 학생

일 마치고 집으로 가는 길

흔들리는 버스 안에서 오늘을 돌아본다

평생 학교에서 만난

실수(失手)라는 스승이 어느새 내 옆에 앉아 있다

몇 만 날을 살아도 똑같은 날 없고

후회하지 않는 날 없다

내일은 또 무슨 일 생길까? 무슨 잘못 저지를까?

기다려진다

제 3 부

석리를 지나며

바다도 나처럼
이별을 했나 보다
온종일
안절부절못하는 걸 보면
울면서
바위에 제 몸 부딪는 걸 보면
제풀에 지쳐
하얗게 주저앉는 걸 보면

* 석리: 바닷가 절벽 위에 자리 잡은 마을. 해파랑길 21코스에 있음.

진주(珍珠)

우리 그만 헤어져!

북, 가슴이 찢어졌다

파랗게 돋은 지난날들이

상처 난 가슴에 굵은소금을 뿌렸다

쓰린 가슴에 침을 발랐다

너를 버무려 끈적끈적한 침을 발랐다

어둡고 긴 시간의 터널 끝에서

둥실 떠오른다, 너 닮은 항성(恒性) 하나

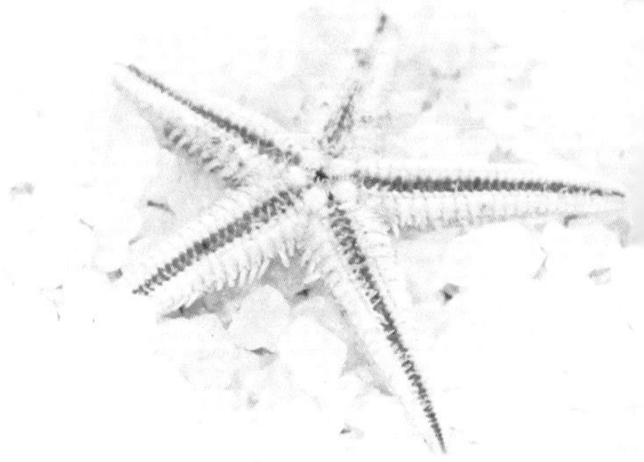

자동문

가까이 가면 스르르 열린다
몇 발자국 멀어지면 저절로 닫힌다

내 사랑도 그랬으면 좋겠네
다가서면
두 팔 벌려 안아 주고
멀어지면
아무 일 없는 듯 안녕하고

닫고 싶어도 닫히지 않는 그대여
시도 때도 없이 열리는 고장 난 문이여

이별 연습

바람 불어
사랑하는 우리, 헤어져야 한다면
이 세상 전화란 전화
모두 불통이어야 하네
다정한 네 목소리 들을 수 없으니
잊은 듯 살아갈 수 있겠네

가을 깊어
사랑하는 우리, 헤어져야 한다면
이 세상 길이란 길
모두 끊어져야 하네
그리운 네게로 달려갈 길 없으니
죽은 듯 살아갈 수 있겠네

이렇게 사랑하는 우리 헤어져
귀먹고 눈먼 채 살아야만 한다면
차라리 나는 네가
죽었으면 좋겠네
나 아닌 그 누구도 너를
듣고 볼 수 없었으면 좋겠네

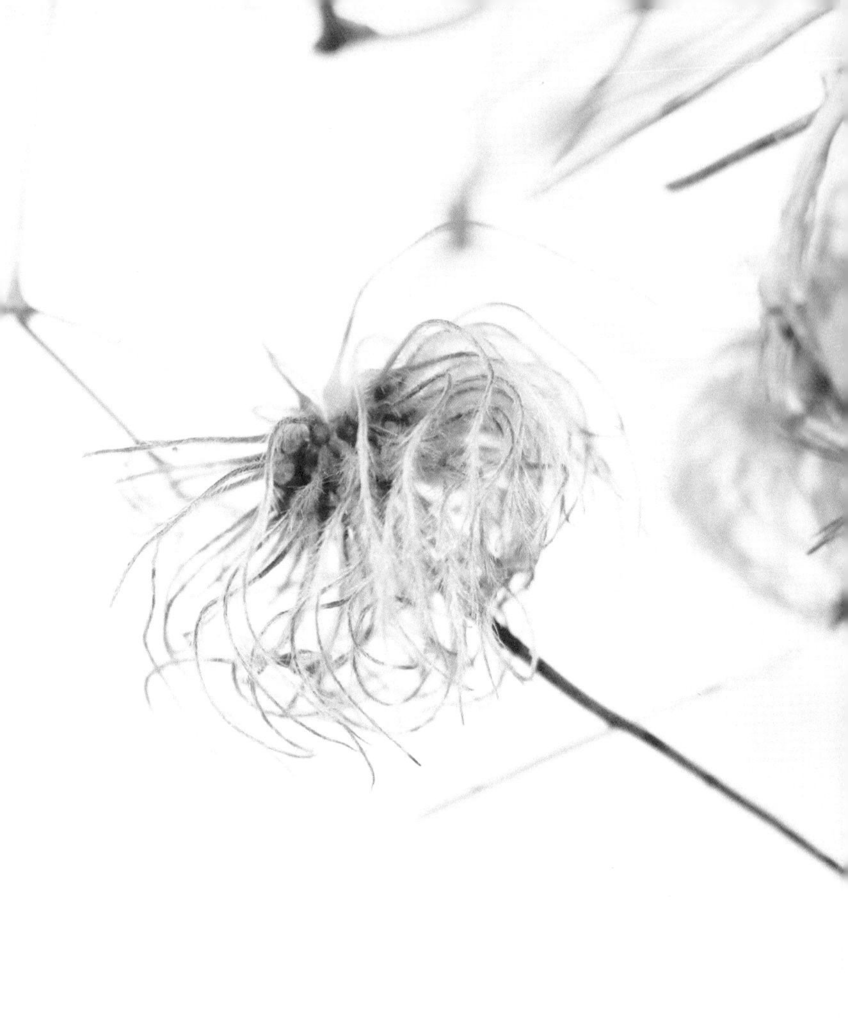

망양정(望洋亭)에 올라

언제나 그 자리에 있다
가장 낮은 곳이다

세상 모든 강물이 흘러들어도
뿌리치지 않는다
아무 말 없이 다 받아 준다

드넓은 바다의 품에 안겨
엄마, 하고 불러 본다

* 망양정: 관동팔경 중 으뜸인 정자. 해파랑길 26코스에 있음.

촛대바위 일출

아침마다 바다는
촛대에 불을 당긴다

바람 불어도 꺼지지 않고
파도 쳐도 끄떡없는
세상에서 가장 환한 촛불이다

추암해변 사람들은
바다가 촛불 켜야 하루를 시작한다

* 추암해변: 기암괴석이 장관인 곳. 해파랑길 33코스의 시작점.

까치놀

육지가 궁금해

진종일 왔다 갔다 부산을 떨어도

파도는 언제나 제자리걸음

하루해가 저물면

애간장이 탄 바다가

붉은 등지느러미를 마구 흔들어 댄다

묵호등대 가는길

바다는
하늘빛을 닮았다
하늘은
바닷빛을 닮았다

논골담길 언덕빼기
묵호 앞바다 벗 삼아 살고 있는 노부부처럼
오래 마주보고 있으면
마음도 얼굴도 닮는다
말하지 않아도 안다
눈빛만 봐도 무슨 뜻인지 다 안다

* 묵호등대: 강원도 동해시 묵호항 근처에 있는 등대.
해파랑길 33코스에 있음.

정동진 앞바다는

외롭다는 말 대신
몇 그루 소나무를 키운다
쓸쓸하다는 말 대신
바다와 제일 가까운 곳에 역사(驛舍)를 세웠다

기차가 멈출 때마다
역사 가득 맴도는 푸른 휘파람 소리
시간은 모래시계 속 모래알처럼 하염없이 흐르는데
그리운 너는 오지 않고
낯선 사람들만 밀려왔다 밀려간다

정동진 앞바다는
기다린다는 말 대신
아침마다 제일 먼저 일어나 세수를 한다

* 정동진: 광화문의 정동쪽 마을. 해파랑길 36코스 시작점.

느낌표(!)

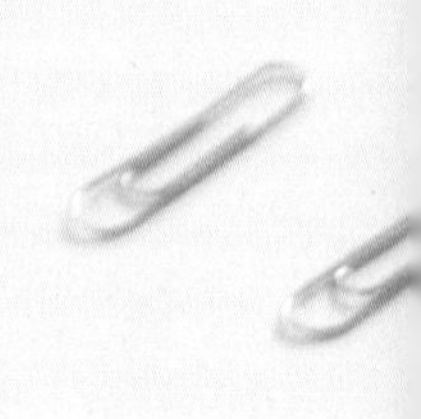

너를 처음 본 순간

번쩍이던 섬광

길게 내리꽂힌 자리

그 아래

흔들리지 않는

마지막 한 점의 단호함

더 이상

내 것이 아닌 내 마음!

첫눈

하늘에서 그 남자가 내려온다

온다는 소식도 없이
간다는 기별도 없이
해마다 찾아오는 첫사랑 그 남자
문밖 서성이다 가 버리더니
오늘은 사뿐 내 어깨에 내려앉았다
먼지처럼 가벼운 그 남자
순백으로 빛나는 그 남자
얄미워라,
저 혼자만 세월을 비껴갔네
아직도 스무 살 그대로다

첫사랑

두근두근

알리바바의 보물창고

암호를 댈 때마다

전설처럼 열리는 비밀의 문

고여 있는 시간 속

변치 않는 것들에 눈멀지 말 것

암호를 잊지 말 것

겨울 바다 여행 · 1

겨울 바다는 편하다
느닷없이 달려가도
왜 왔느냐고 묻지 않는다
소리 내어 울어도
왜 우느냐고 묻지 않는다
아무것도 궁금해하지 않는다
가만히 어깨에 손 얹고
파도 소리 드높여 울음소리 덮어 준다
순한 바람 보내 젖은 눈물 닦아 준다

느릿느릿 무궁화호 열차를 타고 도착한
경포 해변은
혼자 와서 울기 좋은 곳이다

* 경포 해변: 동해안 최대의 해수욕장이 있는 곳.
해파랑길 39코스에 있음.

겨울 바다 여행 · 2

내가 부르면
어디든 달려오는 사람
내가 원하는 건
무조건 들어주는 사람
그래서 내가 하는 일은 모두 맞다고
고개 끄덕여 주는 사람
그런 사람 하나 있으면 좋겠다

오늘이
내 생의 마지막 날이라면
내일이
네 삶이 끝나는 날이라면
너는 나에게
나는 너에게
그런 꽃 같은 사람 될 수도 있겠다

몽돌의 얼굴

정암해변 몽돌들 얼굴이
너나없이 둥글고 환한 것은
바다가 번치 않고
사랑한다, 사랑한다 속삭여 주기 때문이다
파도가 하루 종일
괜찮다, 괜찮다 쓰다듬어 주기 때문이다

실패한 사랑은
모서리가 많아 스치는 바람에도 아프다

* 정암해변: 파도에 몽돌 구르는 소리가 듣기 좋은 곳.
해파랑길 44코스에 있음.

말줄임표(……)

마침표를 찍는 일
참 간단하고 쉬운 일이야

단 한 번에 끝낼 수 있지

네가 던져 놓고 간 마침표
꾹꾹 눌러

일기장에 심어 보니

내게는 아직도
무슨 할 말 남았다는 말이 되네

마침표(.)

그리고 …
다시
시작하는 거야

단호한
저 한 점 속에는
수많은
길이 있다

절벽의 힘

천학정에 가면
바다를 바라보며
뛰어내리기 좋은 절벽 하나 있다

죽고 싶다 죽고 싶다
노래를 부르면서도
그 절벽에서 뛰어내리는 사람은 없다

파도가 치는 날은
절벽 가까이 갈 수가 없고
절벽에 오른 날은
드넓은 바다가
그래, 그래, 고개 끄덕여 주기 때문이다

* 천학정: 해안절벽 위에 세워놓은 정자. 해파랑길 46코스에 있음.

무송대

마차진해변 앞 작은 소나무 섬은
늙지도 않는다
20년 전이나 지금이나 같은 얼굴이다
무슨 생각 저리 깊은지
북쪽 하늘 바라보며
봄여름가을겨울 똑같은 표정이다
무슨 할 말 저리 많은지
바닷길 열어 놓고
사람들을 불러들인다
심중에 있는 말 한 마디
차마 하지 못해
스스로 철조망 뒤집어쓰고 한숨짓는다

* 마차진해변: 통일전망대 근처 해변. 해파랑길 49코스에 있음.

등대가 울 때

바다가 보이지 않는 날
안개 속 등대는 저 혼자 서럽다
그런 날, 등대는
백 리를 갈 수 있는 불빛 접어 두고
고래를 본 포뢰[2]처럼 목놓아 운다
등대가 울 때처럼
어제는 절벽 위에서 한 사람이 울고 있었다
나도 등대처럼 서럽게 운 적이 있다
시작과 끝이 꼬리에 꼬리를 물고 있듯
어둠 뚫고 가는 저 통곡 끝에는
빛이 있다
빛의 속도로 달려가는 저 울음 끝에는
길이 있다

---

2 고래를 보면 더 크게 운다는 용의 셋째아들.

기도바위

가야산 황토마을에 가면
기도하는 바위 하나 있다
어떤 날은 한 마리 곰 같고
어떤 날은 미사포를 쓴 마리아 같고
또 어떤 날은
해인사 심검당 관세음보살 같은 바윗돌
등판 가득 기도문 새겨 놓고
온몸으로 외고 있다
정말 잘돼, 정말 잘돼……
너를 위해 외고 있다
정말 잘돼, 정말 잘돼……
나를 위해 외고 있다

오늘

이만큼 살아 보니
내일이란
기약할 게 못 된다는 것
너도 알고 나도 알지

때가 되면 아이들은
제 길 찾아 훨훨 날아가고
어제 만났던 그 사람
오늘, 영정 속에서 허허 웃기도 하지

비바람 몰아쳐도 괜찮아
눈보라 휘날려도 괜찮아
오늘은 좋은 날
너와 나, 살아 있어 좋은 날

산다는 건

바람 앞에 선 풀잎처럼 그렇게
흔들리는 거다
흔들리며 땅속으로 더듬더듬
뿌리내리는 거다
그 뿌리 힘으로 꼿꼿하게
허리 펴는 거다
곧게 편 허리 꺾기 싫어 천지사방
몸부림치는 거다
산다는 건 그런 거다
굳은살 가슴에 박일 때까지
견디는 거다
어쩌다 바닥 칠 때면 그 바닥 발판 삼아
다시 시작하는 거다
이쯤이면 막장이다 싶어도 삶은 늘
뒷장을 준비해 놓고 있으므로

통일전망대에서

그날의 혈흔 번지듯 산 첩첩
진달래꽃 피어
깊은 골짜기가 뒤척인다
너 있는 북녘에도 진달래꽃 피겠다

선 하나 그어 놓고 살아온 반백 년
너는 너대로 나는 나대로
굽이굽이 사연 있겠지만 우리 이제
높푸른 하늘 보며 잊기로 하자
땅속 깊이 묻어 버리자

남에서 북으로

발묵(潑墨)하듯 꽃피는 저 들판처럼

북에서 남으로

상처까지 안고 도는 저 강물처럼 그렇게 살다 보면

너와 나 다시 만나 얼싸안게 되리라

* 통일전망대: 분단 조국의 상징적 시설. 해파랑길의 종점.

해파랑길은 계속된다

한 걸음
또 한 걸음
걷다 보니 통일전망대다
오륙도에서 시작한 시작(詩作)
통일을 전망하며 마침표 찍지만
여기서 끝이 아니다
원산을 거쳐 흥남, 청진, 나진, 서수라까지
해파랑길은 계속된다

남쪽도 벚꽃 아득한 봄날인데
철책 그 너머 북쪽도 벚꽃 만발했다
그날이 멀지 않았다

부록

해파랑길 여행 코스

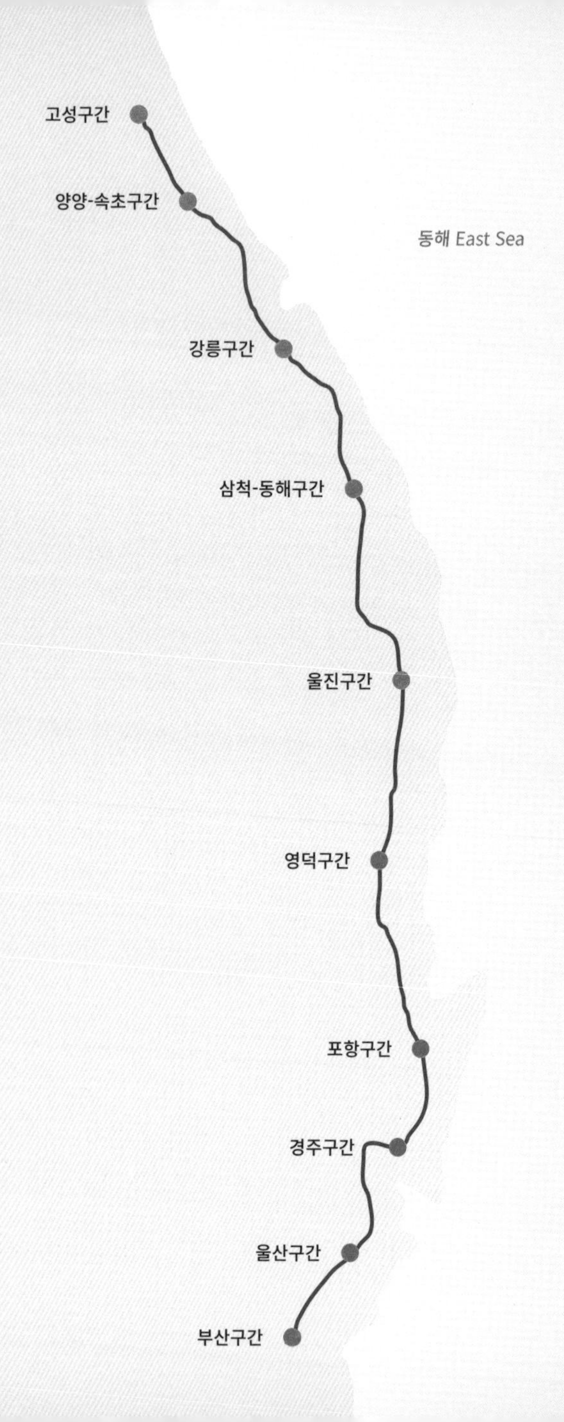

고성구간
양양-속초구간
동해 East Sea
강릉구간
삼척-동해구간
울진구간
영덕구간
포항구간
경주구간
울산구간
부산구간

해파랑길 전도

해파랑길

'해파랑길'은 동해의 떠오르는 해와 푸른 바다를 길동무 삼아 함께 걷는다는 뜻이다. 부산광역시 오륙도 해맞이공원을 시작으로 강원도 고성 통일전망대에 이르기까지 10개 구간, 50개 코스로 되어 있다. 대부분 해안과 접해 있는 길이지만 내륙으로 들어가 동해안에 면한 주요 도시 탐방을 함께하기 때문에 지루할 틈이 없다.
해파랑길의 총 길이는 750km이다. 통일 후 한반도 최북단 서수라까지 연결하게 되면 2,000km 이상이 될 것이다.

진하해변
봉화산
간절곶
나사해변
골매
04
임랑해변
동백항
일광해변
기장군청
봉대산
동 해
East Sea
03
대변항
오랑대공원
동암항
해동용궁사
송정해변
구덕포
미포
02
달맞이공원
어울마당
APEC하우스
광안리해양레포츠센터
동생말
01
시작점 오륙도해맞이공원
지도 제공: 한국관광공사

1구간 : 01~04코스 부산 구간

해파랑길 750km의 시작점, 오륙도 해맞이공원!

동해와 남해의 분기점인 부산 오륙도 해맞이공원에서 시작한 해파랑길은 해안을 따라 걷는 이기대길, 광안대교를 조망하는 광안리해변, 여름 최대 피서지인 해운대, 달맞이고개 문탠로드를 지나 멸치 축제로 유명한 대변항에 이른다. 기장 죽성리 왜성, 단선철로로 된 동해남부선 월내역, 우리나라에서 새해 첫날 해돋이를 가장 먼저 볼 수 있는 간절곶을 거쳐 진하해변에 닿는다.

정자항
강동축구장
주전해변
울산공항
무룡산
태화강
전망대
07
고래전망대
번영교
내황교
주전봉수대
울산시청
동 해
East Sea
울산대공원
울산항
08
염포산
입구
현대예술공원
선암호수공원
09
일산해변 입구
06
덕하역
대왕암공원
울산대교전망대
청량운동장
방어진항
회야호
옹기문화관
온산항
덕산대교
온양읍소재지
봉화산
05
진하해변
지도 제공: 한국관광공사

2구간 : 05~10코스 울산 구간

태화강 국가정원과 솔마루길, 생태도시 울산이 보이는 길!

일출과 야경이 아름다운 명선도를 조망하는 진하해변, 국내 옹기 문화의 메카 외고산 옹기마을, 사람과 자연을 이어 주는 도심 속 60리 생태통로 솔마루길을 따라 울산 시내로 접어든다. 십리대숲을 품은 태화강 국가정원을 지나 염포산 울산대교 전망대에서 울산 야경을 본다. 방어진항과 슬도, 대왕암공원을 돌아 나와 봉대산 주전봉수대, 주전몽돌해변을 지나 정자항에 닿는다.

양포항
소봉대
연동마을
오류고아라해변
송대말등대
12
감포항
전촌항
나정해변
동 해
East Sea
감은사지3층석탑
이견대
봉길대왕암해변
(문무대왕릉)
차량이동구간
11
나아해변
양남면사무소
진리해변
경상북도
울산광역시
관성해변
태연학교
신명해변
강동화암주상절리
10
정자항
지도 제공: 한국관광공사

3구간 : 10~12코스 경주 구간

파도 소리가 들려주는 천년고도, 신라 경주의 바다 이야기!

울산의 강동 화암 주상절리, 경주의 양남 주상절리를 거쳐 읍천항 벽화마을을 지나면 몽돌 소리 가득한 나아해변이다. 문무왕의 수중릉인 대왕암과 감은사지 삼층석탑, 이견대를 차례로 만난 뒤 동해 남부의 중심 어항인 경주 감포항, 모래찜질하기 좋은 오류해변을 지나 포항 양포항에 닿는다.

화진해변
동 해
East Sea
월포해변
오도리해변
18 칠포해변
호미곶
등대
포항영일신항만
15
대보저수지
동호사
흥환보건소
포항시청
17 송도해변
16
구룡포해변
동산공원묘지
포스코본관
역사관
도구해변
14 구룡포항
포항공항
구평포구
금곡교
13 양포항
지도 제공: 한국관광공사

4구간 : 13~18코스 포항 구간

특화된 음식 문화의 즐거움과 색다른 문화 체험!

양포항을 지나면 일출 명소인 장기 일출암이 나온다. 장길리 복합낚시공원, 구룡포항의 과메기와 일본인 가옥거리를 거쳐 상생의 손이 있는 호미곶 해맞이광장에 이른다. 영일만과 방풍림으로 조성한 송림과, 몽돌과 모래가 어우러진 월포해변을 지나 화진해변에 닿는다.

고래불해변
덕천해변
대진항
괴시리전통마을
대소산봉수대
22 축산항
경정리대게마을
경정해변
오보해변
21 영덕 해맞이공원
영덕군청
고불봉
하저해변
20 강구항
삼사해상공원
남호리해변
동 해
East Sea
구계항
장사해변
19 화진해변
지도 제공: 한국관광공사

5구간 : 19~22코스 영덕 구간

숲길과 바닷길이 공존하는 블루로드!

화진해변과 장사해변을 지나면 화석전문박물관인 경보화석박물관이다. '들어오면서, 살면서, 떠나면서' 세 번 생각한다는 삼사해상공원, 대게로 유명한 강구항, 이색적인 창포말등대가 있는 영덕해맞이공원, 바닷가 절벽 위에 자리 잡은 석리마을을 거쳐 죽도산전망대가 있는 축산항에 이른다. 축산항에서 시작한 목은사색의길을 따라가다 보면 대소산 봉수대, 괴시리 전통마을이 있다. 대진항과 덕천해변을 지나 고래불해수욕장에 닿는다.

부구삼거리
부구터미널
옥계서원유허비각
27 죽변항입구
봉평해변
연호공원
울진군청
울진엑스포공원
망양정
26
수산교
무릉교
동 해
East Sea
덕신해변
망양휴게소
기성망양해변
기성버스터미널 25
울진대풍헌
월송정
울진대게유래비
등기산공원
24
백암휴게소
후포항
금곡교
병곡휴게소
백석해변
23 고래불해변
지도 제공: 한국관광공사

6구간 : 23~27코스 울진 구간

기교나 화려함이 배제된 단아한 동해안 트레일!

고래불해변을 지나면 동해에서 나는 모든 어종을 볼 수 있다는 후포항이다. 관동팔경 중 첫 번째인 월송정과 울창한 송림에 쌓여 있는 기성망양해변 명사십리를 지나면 관동제일루 망양정이 나온다. 동해안의 손꼽히는 어로기지인 죽변항을 지나 부구삼거리에 닿는다.

한국여성수련원 입구
망상해변
대진항
묵호등대 공원
묵호역입구
34
동해시청
한섬해변입구
동해역
추암해변
33
삼척해변
삼척시청
새천년해안유원지
죽서루
삼척항
삼척역
동해
East Sea
상맹방해변
32
맹방해변입구
재동소공원
부남교
동막교
31
궁촌레일바이크역
황영조기념공원
용화레일바이크역
30
아칠목재
수로부인 헌화공원
검봉산자연휴양림
임원항입구
옥원소공원
호산버스터미널
29
갈령재(수로부인길)
고포항
강원도
부구삼거리
28
경상북도
지도 제공: 한국관광공사

7구간 : 28~34코스 삼척-동해 구간

편안한 숲길과 화려한 기암절벽이 조화로운 길!

부구해변을 지나면 한 마을에서 행정구역이 강원도와 경상북도로 나뉜 고포항이다. 갈령재 수로부인길, 출사지로 이름난 월천리 솔섬을 지나 한국의 나폴리 장호항에 이른다. 맹방해변, 절벽 위의 죽서루, 기암괴석이 많은 추암해변, 묵호등대와 논골담길, 동해 최고의 백사장을 자랑하는 망상해변을 거쳐 강릉 옥계시장에 닿는다.

주문진해변
주문진항
동 해
East Sea
영진항
연곡해변
40
사천진
해변공원
경포대
허균·허난설헌
기념관
39
솔바람다리
강릉대도호 중앙시장
부관아
월화정
남항진해변
강릉시청
37
안인해변
장현저수지
페러글라이딩활공장
구정면사무소
38
오독떼기전수관
정감이숲길구간
(5.0km)
굴산사지당간지주
당집
36
정동진역
심곡항
금진항
금진해변
35
한국여성수련원
입구

지도 제공: 한국관광공사

8구간 : 35~40코스 강릉 구간

솔향 폴폴 풍기는 감자바우길 강릉 바우길과의 행복한 만남!

옥계해변부터 만나게 되는 소나무숲은 강릉 제일의 명품이다. 바다부채길을 품은 심곡항, 시간의 흐름을 눈으로 확인하는 거대한 모래시계가 있는 정동진, 기찻길과 접해 있는 안인해변을 거쳐 4㎞나 되는 병풍림이 백사장을 둘러싸고 있는 경포해변에 이른다. 커피거리가 있는 영진해변을 지나 주문진해변에 닿는다.

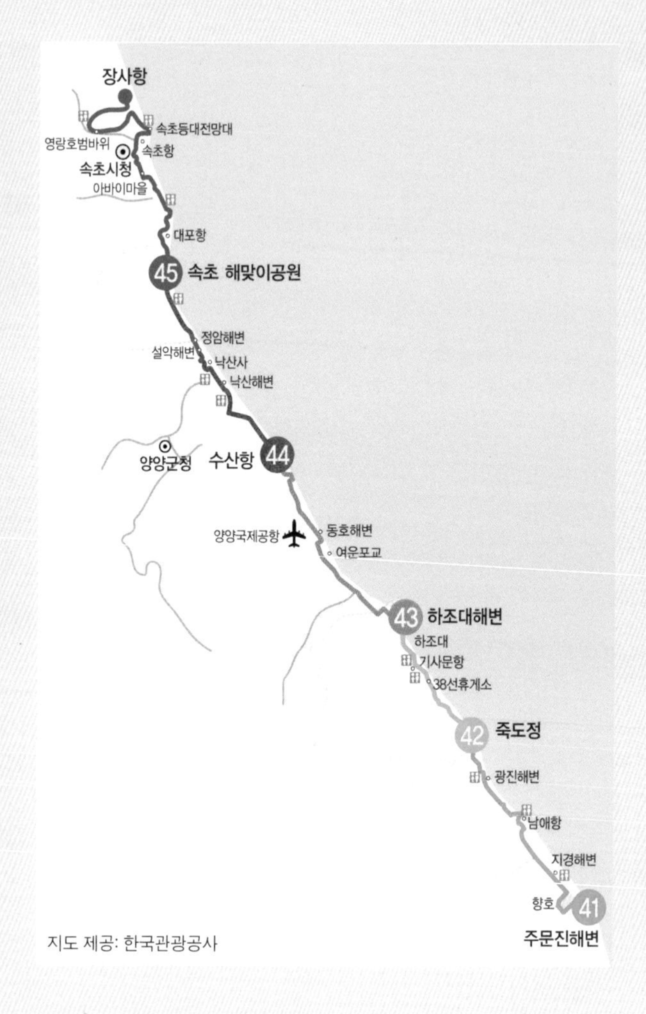
장사항
속초등대전망대
영랑호범바위
속초항
속초시청
아바이마을
대포항
45 속초 해맞이공원
정암해변
설악해변
낙산사
낙산해변
양양군청
수산항 44
양양국제공항
동호해변
여운포교
43 하조대해변
하조대
기사문항
38선휴게소
42 죽도정
광진해변
남애항
지경해변
향호
41
주문진해변

지도 제공: 한국관광공사

9구간 : 41~45코스 양양-속초 구간

다양한 볼거리와 먹을거리, 손꼽히게 아름다운 조망!

주문진해변을 지나면 항구를 중심으로 4개의 마을이 길게 늘어서 있는 남애항, 쉬고 또 쉰다는 휴휴암, 조선 개국의 흔적이 남아 있는 하조대가 나온다. 요트마리나가 있는 수산항, 관음도량 낙산사, 정암몽돌해변, 속초 설악해맞이공원을 거쳐 먹을거리가 풍성한 아바이마을을 만난다. 속초등대전망대, 영랑호 호반 둘레길을 걷고 나면 장사항에 닿는다.

종착점 통일전망대
DMZ박물관
차량이동구간
제진검문소
명파해변
명파초교
50 통일안보공원
금강산콘도
대진등대
대진항
화진포해양박물관
김일성별장
응봉
동 해
East Sea
49 거진항
북천철교
고성군청
남천교
48 가진항
왕곡마을
송지호철새관망타워
47 삼포해변
백도항
능파대
천학정
청간정
장사항 46

지도 제공: 한국관광공사

10구간 : 46~50코스 고성 구간

아름다운 절경과 명승지, 대한민국 최북단 고성!

장사항을 지나면 만경창파가 넘실대는 기암절벽 위에 서 있는 천학정이 나온다. 겨울 철새 도래지인 송지호, 강원 북부의 전통가옥인 왕곡마을 양통집, 고성 대표 어항인 거진항을 거쳐 해맞이산책로에 이른다. 은빛 백사장이 펼쳐져 있는 화진포해변, 우리나라 최북단 등대인 대진등대, 소나무가 울창한 섬 무송대가 있는 마차진해변을 지나 통일전망대에 닿는다.

해파랑, 길 위의 바다

초판 1쇄 인쇄 2020년 12월 18일
초판 1쇄 발행 2020년 12월 28일

지은이 | 신혜경
발행인 | 강봉자 · 김은경

펴낸곳 | (주)문학수첩
주　소 | 경기도 파주시 회동길 503-1(문발동 633-4) 출판문화단지
전　화 | 031-955-9088(대표번호), 9532(편집부)
팩　스 | 031-955-9066
등　록 | 1991년 11월 27일 제16-482호

홈페이지 | www.moonhak.co.kr
블로그 | blog.naver.com/moonhak91
이메일 | moonhak@moonhak.co.kr

ISBN 978-89-8392-844-3 03810

「이 도서의 국립중앙도서관 출판예정도서목록(CIP)은 서지정보유통지원시스템 홈페이지(http://seoji.nl.go.kr)와 국가자료공동목록시스템(http://www.nl.go.kr/kolisnet)에서 이용하실 수 있습니다.(CIP제어번호: CIP2020053677)」

울산광역시 | 울산문화재단
이 책은 울산문화재단 2020 울산예술지원 선정 사업의 일환으로 발간되었습니다.